夜行的人

陈雷鸣 著

长江出版传媒

长江文艺出版社

图书在版编目（ＣＩＰ）数据

夜行的人 / 陈雷鸣著.-- 武汉：长江文艺出版社，
2020.12
　ISBN 978-7-5702-1735-9

　Ⅰ.①夜… Ⅱ.①陈… Ⅲ.①诗集－中国－当代
Ⅳ.①I227

　中国版本图书馆 CIP 数据核字（2020）第 144823 号

责任编辑：谈　骁　　　　　　责任校对：毛　娟
封面设计：祁泽娟　　　　　　责任印制：邱　莉　　王光兴

出版：长江出版传媒　长江文艺出版社

地址：武汉市雄楚大街 268 号　　　邮编：430070
发行：长江文艺出版社
http://www.cjlap.com
印刷：武汉市首壹印务有限公司

开本：880 毫米×1230 毫米　　1/32　　印张：6.375　　插页：2 页
版次：2020 年 12 月第 1 版　　　2020 年 12 月第 1 次印刷
行数：3420 行

定价：39.00 元

目　录

常思念

写给远方（自序）

此时此刻，我在你的远方，写一封信，给远方的你，和我的远方。

小时候，常常仰望蓝天白云，心中向往着那个未知的远方。在我心里，远方代表着浪漫、神奇和幻想。

及至离家求学，便常常在不远的远方想念家乡。我知道，为了我更远的远方，我必须抛下心中的眷恋，完成学业，锻炼着坚强的翅膀。

参加工作后，也常常离开亲人到处出差，走到很远很远的远方。在他乡，在远方，望着一扇扇窗口里陌生的灯光，更加想念"远方"的亲人，想念那个熟悉的"远方"。

静下来时，我就想：其实，我们每个人都是在远方，不是在亲人的远方，就是在心灵的远方。真正的心心相依，真正的耳鬓厮磨，真正的天伦之乐，似乎离现代人越来越远。因为，我们每个人都在奔忙，都奔波在通往远方的路上。

在远方，人与人之间拉开一段距离，会让我更加清晰地看清曾经熟悉的每个人，你的一颦一笑，一言一行，优点缺点，喜怒哀乐，尽可远观，尽可避免"不识庐山真面目"的误判，正所谓"距离产生美"。于是，我发现：其实每一个人的本真都是善良的，天生的恶人少之又少。只是在人生的操劳和奔波中，厚厚的盔甲已经遮住了我们的善良。如此，就需要我们用阳光照亮阳光，用善良唤醒善良。

在远方，让我对远方的你有了全新的解析；在远方，让我对远方有了更加深刻的感悟；在远方，我心中永远装着家乡的炊烟；在远方，我的心灵永远在家的温馨中安放；在远方，让远方的思念又多了一份灵性，一份美好，一份明亮。

远方，给了我更多的思考和希望，更多的追求和向往。因此，我的诗歌绝大部分都是在远方、在一个个艰辛的旅途中所写。

柴米油盐酱醋茶，琴棋书画诗酒花。人生的每一个记录和感悟，或是一轮皎洁的明月，或是一缕明媚的阳光，值得每一个生命珍藏。

远方，是一种追求，一种理想，一种浪漫，一种畅想；一份期待，一份希望，一份美好，一份善良。

你在远方，我在通往远方的路上。你在远方，品味我的远方；我在远方，感悟你的善良。

只要有诗，就会有远方；只要有期盼，就会有诗一样的远方！

你在远方，我就在你不远的远方，为你照亮！

2019 年 12 月 24 日，写于昆明飞往首都的航班上

让心在诗中安放

梁生智

许多人都写过诗，许多人都有过做诗人的梦想。

但是，多少年后，经历过许多，遭遇过许多，感悟过许多，依然还坚持写诗，或者在某一个阶段又开始写诗，那就一定是因为热爱！

雷鸣就是这样！

写诗，然后步入社会，然后"北漂"。何谓"漂"？无根之态，用字典的解释就是"浮在液体上不动或顺着风向、流向而移动"，问题是这个"向"很多时候并不是自己要去的目的地。所以，许多苦痛或者悲哀是说不出的，也许就会把一个人压垮！

所以，很多时候，一个人需要自己给自己寻找方向，自己为自己点燃一盏灯，为自己开出一条路。这样的人需要的是智慧、勇气、热爱、激情、信念，还有忍耐……雷鸣凭着诸多的品性走出了他现在的人生，应该说是极为难得。而就在他所担负的责任越来越大，他所要考虑和处理的事情越来越多的情况下，他写出了大量的诗歌作品。

他将自己认为可以拿得出手的集录为《夜行的人》，"夜行的人。披一身星光/追逐的梦。穿透夜的屏障"，"梦在远方。心在自由飞翔/天上。有一颗陪伴我的月亮"。我们常讲"言为心声"，阅读雷鸣的诗，可以感受他一直坚持的追求和寻求内心通途的执着。说他是回归也好，说他是前进也好，他都是走在诗的路上。他的诗里有许多"远方"，"远方"也是他诗歌所呈现的情境和精神寄托。

"远方"和"诗"有关系吗？没有，一个方位，一个艺术，可谓风马牛不相及。

　　"远方"和"诗"有关系吗？有，一个是内心的目标，一个是内心的方向，当然有！实际上，只有具有诗性的人，才会在行进中不断发现诗。诗是诗人精神上的宿命和回归。无论走多远，必须回到内心，也就是一开始出发的地方。只有对得起心的感受才能接近诗，才可能成为诗人。

　　不管人类文明的积累有多少，也不管有多少条路，但人终始会回到为自己寻找精神家园的路上。人之为人的意义？人应当具有的精神和心灵的终极关怀？人能走多远？人要往何方？

　　德国诗人荷尔德林写过一首诗《人，诗意地栖居》："当生命充满艰辛，／人 或许会仰天倾诉：我就欲如此这般？／诚然。只要良善纯真尚与心灵同在，／人就会不再尤怨地用神性度测自身。／神莫测而不可知？神如苍天彰明昭著？／我宁愿相信后者。神本人的尺规。／劬劳功烈，然而诗意地，／人栖居在大地上。／我是否可以这般斗胆放言，／那满缀星辰的夜影，／要比称为神明影像的人／更为明澈洁纯？／大地之上可有尺规？／绝无！""诗意地栖居"就成了一种象征。海德格尔讲"人要重返诗意的栖居，就需拯救语言"。他所谓的拯救语言实际上就是那种倾听整个世界，又从内心对生命存在的言外之意进行表述。也就是他所说的"只有作为一种审美现象，人生和世界才显得合情合理"。

　　所以，我们可以清楚，一个不断思考的人才会不断陷入诗意，一个终始热爱的人才会在意安心的处所，一个心怀敬畏、对自己有美好要求的人才会让整个人生的行程烙上诗的印记。

　　所以，雷鸣写道：

　　远方

是一种信念

一个坚守

一份永不凋谢的希望

许多时候，我们会被生活中的无数不如意击垮；许多时候，我们会因为所遇所睹迷惑心智；许多时候，我们还可能因为内心的欲望走火入魔。所以，谈"坚守"常常会让自己都感觉好笑。

但是，当内心种下诗的种子，一个人就会因此不同。"热爱，敬畏，善良，歌唱，守候……"这应该是诗人拥有的力量和可以照亮自己和照亮别人的光芒。

雷鸣的诗都非常朴实，他总是在直抒胸臆。他的诗里有许多是和故乡和爱相关的，处处体现出依然如处子的热爱和纯情。"想你的时候/我不敢抬头/生怕那滚烫的热泪/喷涌而流。"实际上，这也是所有诗人的一种情结。故土，生命的来处，人生的起点，情感的源头。我们在故乡时，许多地方是远方；我们在别处时，故乡成为远方。但是，不管我们的人生能走多远，生命的起点才是一切。

很多时候，我们能够走得更远，我们能够坚守着内心，我们能够不畏挫折，就是因为我们有可以回归的地方，可以栖居的世界。一个能够把心安放在诗意中的人就一定是拥有创造力、拥有生命力、拥有感染力、拥有审美力的人。

不再叹息。我感谢

所有的失败与成功

把所有的遇见都装进生命的行囊

我听到小河的低吟。和遥远的钟声

这样的感谢实际上就是对生命的敬畏，对心灵的净化，对远方的召唤。

有了这样的"诗意"，有了这样的希望，就一定会有"我把无数个日夜/和无数个思念。拥进怀里/那一刻。我拥有了整个春天"，一个拥有整个春天的人，一个拥有整个春天的诗人还能失去什么？

> 千万年。千万里
> 千万年里。我在追寻
> 你的光芒。在天际的缝隙里
> 有我的天涯。和你的远方

是啊，阅读雷鸣的诗，就可以和他仗剑走天涯！走在夜里，走出夜色，会有什么？

是为序！

2020 年 3 月 28 日

梁生智，山西省定襄县人，"60后"。山西省《五台山》主编。山西省作家协会会员，忻州市作家协会秘书长。在《诗刊》《星星诗刊》《诗歌报》《诗神》《黄河》《山西文学》等全国各地文学报刊发表小说、散文、诗歌、评论作品。出版个人诗集《一个人的爱情》。

在路上

远方（一）

你在远方
我在通往远方的路上

远方的远方
有绝世佳人轻歌曼舞
远方的远方
有灵动诗人低吟浅唱

远方
因思念而美好
思念
因远方而悠长

因为有了远方
寂寞的路不再寂寞
因为有了期盼
漫长的梦不再漫长

远方有你
远方有我
我们是彼此的远方

远方是彼此的向往

远方有多远
要问脚下的路有多长
远方在哪里
要看我们的心向何方

远方
是一种信念
一个坚守
一份永不凋谢的希望

你在远方
我在通往远方的路上

远方（二）

远方
有你的笑容
和那些
被风化的深情

距离
阉割了爱
和泪水
化作隔夜的繁星

无奈
是断线的风筝
和飘零
结成千年的冰封

前世
未了的恩怨
和伤痛
依然在今生升腾

远方

无涯的漆黑

和无望

在来世踽踽独行

远方，远方

站在秋的檐下
我看到冬的远方
秋的暮云拖着沉重的步履
走在无奈的路上

把遥远的期盼
写进冬的氤氲。我知道
一定会有人深情歌唱
而我急促的呼吸。已结成霜

一个人的远行
守望着。一个人的远方
一个季节的苍白
飘扬着。眼泪的彷徨

在远方的苍茫里
渴望一缕炊烟升起
给远行者一个理由
让脚步不再迷茫

在路上

步履匆匆
我们在路上

在路上
我的心通向远方
在远方
有我的追求与向往

在路上
有诗。有画
也有风雨和冰霜
在路上
有喜。有乐
也有失望和悲伤

山高路长
我用双脚
丈量着希望
天遥地远
我用信念
支撑着坚强

有诗。有远方
有诗意昂然的远方
有花。有希望
有鲜花盛开的希望

路漫漫
带我走向
生命的遥远
路长长
带我走向
人生的辉煌

风雨兼程
我们在路上

诗和远方

远方是一首诗
诗是诗人的远方

诗是远方的音符
远方是诗的天堂
诗是远方的灯火
远方是诗的月光

诗是远方的童话
童话是诗的远方
诗是远方的吟诵
远方是诗的和唱

诗是远方的情话
远方是诗的嫁妆
诗与远方同行
远方是诗的新娘

诗有远方
还有遗忘的寂寞和惆怅
远方有诗

还有生长的鲜花和梦想

诗有远方
还有白云悠悠和小溪流淌
远方有诗
还有无尽的情怀和心爱的姑娘

心中有梦
就会有诗的芬芳
梦中有诗
就会有诗意的远方

不是在远方
就是在去往远方的路上
不是在吟诗
就是在诗的意境中徜徉

远方是一首诗
我在诗的远方

背起行囊走天涯

背起行囊
行囊装满的
不仅是自信
还有悲壮
但更多是对新生活的
向往

背起行囊
行囊装满的
不仅是家乡的泥土
还有烂漫的山花
但更多是亲人的
厚望

背起行囊啊
游子的心
和边关的月一起圆缺
背起行囊啊
游子的乡情
同天涯的路一样漫长

背起行囊
把情藏在心中
让泪流进肚里
为了那份不变的誓言
历尽千辛不言悔
踏遍青山又何妨

背起行囊
纵然前面有千里雪万里霜
我的脚步也不会彷徨
因为我心中
永远有一颗鲜红的太阳

你的远方

背上行囊。我看到
月的暗淡。和夜的迷茫
还有宝剑冰冷的霜

没有迟疑。我听见
风的低吼。和夜莺的浅唱
流萤的火把。为我照亮

我在行走。我在远方
我在行走的远方。向你眺望
你是哪一世点燃的光

千万年。千万里
千万年里。我在追寻
你的光芒。在天际的缝隙里
有我的天涯。和你的远方

追　寻

走了很久。很久
麻木的神经。结成一个
坚硬的网。编织着灵魂的创伤

心的补丁。缀满沧桑
无法修补。岁月的破洞
和世间的炎凉

站在泥泞中。我期待着
风的肆虐。和雨的疯狂
渴望长满荆棘的皮鞭
狠狠抽打我的荒凉

灵魂已迷失。我依然
放逐着。无法回归的迷茫
还有遥无边际的流浪

我我谁谁。天地玄黄
六道轮回。浩浩荡荡
谁在追寻。追寻那一世
爱的疯癫。和情的痴狂

夜行的人

夜行的人。披一身星光
追逐的梦。穿透夜的屏障

步履匆匆。背负着坚强
放纵着呐喊。让澎湃的激情荡漾

远山回荡着。幽远。深长
凛冽的山风。穿过宽厚的胸腔

点一盏火把。为星星照亮
夜宿的鸟儿。为我歌唱

小溪。在夜的怀抱欢唱
就像蝴蝶。扇动着翅膀

梦在远方。心在自由飞翔
天上。有一颗陪伴我的月亮

故乡魂

村口的那棵老树

村口的那棵老树下
挺立着我年轻的妈
每当炊烟升起
她总是在那里眺望
眺望着放学的娃

村口的那棵老树
诉说着妈妈的芳华
曾经的风姿绰约。和娇艳如花
曾经的丰采怡人。和美好年华

而如今。而如今啊
村口的老树老了。老了的老树
陪伴着我老了的妈妈
老了的妈妈。身躯不再挺拔
老了的妈妈。已经满头白发

村口的老树下。屹立着
我老了的妈。在风中在雨中
守候着落日与晚霞
老了的妈妈。把思念站成了诗

老了的妈妈。把牵挂站成了画
老了的妈妈。把时光站成了雕塑
老了的妈妈。把爱站成了伟大

村口的那棵老树下
挺立着我年轻的妈
每当暮色升起
她总是在那里眺望
眺望着远在天涯的娃

远山的呼唤

远山的呼唤。在梦里
父亲的身躯。仍然那么伟岸
好想回到儿时。骑在你的双肩
带我去看远方的地平线

而今。沧桑的岁月
敲打着斑驳的经年
时光的风雨。风化着记忆的残片
可是。可是你啊！离我越来越远

我听到远山的呼唤
远山的呼唤里。有你深深的挂牵
那激荡回肠的余音。萦绕在
我灵魂深处。久久不散

可无论如何。无论如何啊
再也触摸不到。你怀抱的温暖
再也看不到。你真实的容颜
只有梦醒时。那一声无奈的轻叹

远山屹立。在我的地平线

在岁月的苍茫里。挺立着你的伟岸

无论走到哪里。无论白天夜晚

依然听得到。那一声声深情的呼唤

故乡的思念

故乡的思念
是一条涓涓小溪
源源不断地流淌在
生命的记忆里

故乡
是门前的那条小河
还有河边的杨柳依依

故乡
是村后的那座小山
还有山坡儿时的游戏

故乡
是父亲慈祥的责骂
还有恨铁不成钢的一声叹息

故乡
是母亲亲切的呼唤
还有她亲手缝制的棉衣

故乡
是带着泥土的乡音
无论到哪儿都抹不去痕迹

故乡
是忘不掉的那道小吃
无论相隔多久都难以忘记

故乡
就是天空的那朵白云
童年的风筝至今还在那里飘弋

故乡
就是村头的那棵老树
爷爷的灵魂永远在那里安息

有时。故乡就在我的梦里
梦里的故乡依然那么清晰
有时。故乡就在我的心中
心中早已烙下深深的印记

故乡魂

小时候
故乡是一个襁褓
呵护着
幼小的我
慢慢长大

梦境里
故乡是一个童话
鸡鸣犬吠
袅袅炊烟
还有
年轻的妈妈

记忆中
故乡是一幅水彩画
岁月洗礼
风吹雨打
却依然
清新淡雅

而今

我在远方
故乡在天涯
我在现实里
故乡在灵魂中
把我牵挂

故园之恋

故乡的原野
芳草萋萋
父亲的灵魂
在这里安息

故园幽径
杨柳依依
童年的欢笑
在耳边依稀

低瓦矮墙
斑驳陆离
屋檐下的小燕
在窃窃私语

银杏树下
小儿嬉戏
慈祥的爷爷
抖动着胡须

谁家的女孩

长发飘逸
欢快的笑语
在风中传递

儿时的足迹
无法寻觅
故乡的味道
还那么熟悉

故园之恋

故园千里外，
浓雾锁几重。
仰首望夜空，
不见星月明。

暮垂花树低，
屋旧杂草盛。
寂寂无人语，
寥寥有秋风。
慈父无影踪，
孑然一孤茔。
抬头向天啸，
低首泪泉涌。

常忆儿时景，
父母正年轻。
家贫欢乐多，
兄妹重深情。
长大各自飞，
风雨多飘零。
相见话沧桑，

再见泪双盈。

长夜思故土，
辗转难入梦。
恨不生双翅，
醉卧故园中。

几度梦里忽还乡

心难忘，
泪迷茫，
几度梦里忽还乡。

白发苍，
话沧桑，
慈母相见泪满裳。

执手望，
叙情长，
笑逐颜开对斜阳。

斟佳酿，
对兄长，
儿时趣事笑满堂。

天茫茫，
路长长，
人在天涯心在乡。

路长梦更长。

那一缕炊烟

那一缕炊烟。早已
被岁月吹散
邻家的犬吠声
却总是寻也寻不见

田间的小路。早已
不再蜿蜒
草尖上的露珠
也已经不再璀璨

林立的高楼
阻碍了我的视线
故乡的水墨
也开始越来越淡

烟雨。小巷
阿妹的油纸伞
故乡的味道。早已
在我灵魂里镶嵌

风筝。牧笛

还有那一缕

袅袅不断

袅袅不断

袅袅不断的炊烟

牧　童

放牧着
梦想。与放纵
还有傻傻的
顽皮与笑声

追逐着
蝴蝶的
撒欢与卖萌
还有轻轻的
挑逗与煽情

挥洒着
童年的
撒野与天真
还有无尽的
野趣与矫情

白云
是放牧的
羊群和诗情
还有少年
飘向远方的梦

暮 归

夕阳
像一个红着脸的醉汉
一不小心
跌到山的后面

牛背上的牧童
甩着炸响的皮鞭
成群的牛羊
跟随在他的后面

晚归的鸟儿
带着一身疲倦
飞向林中
那个温馨的家园

山村的上空
飘荡着袅袅炊烟
妈妈的叫声
呼唤着孩子回家吃饭

白胡子老汉

在老银杏树下抽烟
在忽明忽暗中
做着他的神仙

盼　归

冷月挂残枝，
更深夜未知。
遥念故园小窗里，
佳人怨归迟。

月移夜鸟啼，
山高路人稀。
残月做伴归意切，
风催马蹄疾。

江南行

江　南

江南
是粉墙黛瓦
和绿树掩映的
万千诗意

江南
是蜿蜒古巷
和石级叠起的
吴侬软语

江南
是旗袍油伞
和佳人回眸的
千娇百媚

江南
是小桥流水
和低吟浅唱的
吴歌苏曲

江南

是桨声灯影
和依水人家的
炊烟袅起

江南
是鸥鹭白帆
和渔歌唤起的
一湖春意

江南
是欸乃声声
和船娘棹歌的
绵绵情意

江南
是千古诗人
和春江花月的
柳莺和啼

江南的秋天

江南的秋天
是一湾秋水
还有芦苇摇曳的
长长思念

江南的秋天
是一山红叶
还有红叶写满的
诗人怀恋

江南的秋天
是一树桂花
还有桂花飘落的
满地轻叹

江南的秋天
是成群的大雁
还有大雁声里的
不尽秋怨

梦的江南（一）

那一湖月光
穿越千年
的情殇
在灵魂的深远
追逐放浪

一叶扁舟
扬起帆的沧桑
吴侬的船歌
和西施一起
醉在岁月
的迷茫

沉睡的心
从未割舍
斑驳的粉墙
小巷的雨中
那个撑着油纸伞
的姑娘

记忆的遥远

我是仗剑天涯
的范蠡
在太湖的缥缈中
踏浪引吭

梦的江南（二）

梦的江南。一醉千年
那把粉色的油纸伞
在悠长悠长的斜巷里
品味着。诗意与浪漫

粉墙黛瓦的鼾声
沉睡在斑驳的经年
春花。秋月。夏荷。冬雪
倾诉着前世的眷恋

春水。秋波。茫茫云烟
一湾碧水。斜倚着阑干
千年的银杏脱下盛装。等待着
那一地的金黄。诉说感叹

桂花的清香
醉入梦的缠绵
我的思念在你的笑靥里
沉淀

长广溪

题记：长广溪是无锡的一个国家湿地公园，位于蠡湖西南，北连蠡湖，南接太湖，有很多历史景观和浓厚的吴文化气息。

一湾碧水。荡漾着
早已消逝的江湖恩怨
范蠡的扁舟。淹没在历史的云烟
西施的传说。和她的美颜
穿越了千年。化作永远

摇曳的芦苇。诉说着
世事的凉炎。和沧桑的变迁
惊起的湖鸥。演绎着爱恋
和生命的传承。续写着缠绵

曲径回廊。穿透了历史
的帷幔。烟雨江南。依然氤氲着浪漫
和梦中的油纸伞。还有伞下
曼妙的身姿。和娇羞的笑颜

古径通幽。雾锁楼台
那古老的船歌。忽然响起
忽然响起。艄公的号子
和欸乃的橹声。还有久远的感叹

烟雨江南

春山雨
雾锁台
粉墙黛瓦绿树矮

屐齿叩
印苍台
古巷幽幽丽人来

春意萌
诗意生
万树桃花相映红

小曲柔
吴语浓
一音一符总关情

春茶绿
叶含情
吴女茶曲满山萦

纤手舞

笑声盈

一片春叶一片情

梦江南

北国秋夜寒，
辗转复无眠。
遥望南国路漫漫，
怎堪万重山。

梦里见炊烟，
江南柳丝绵。
远山叠翠生紫烟，
太湖竞白帆。

那棵生在南国的红豆

红豆生南国，春来发几枝。愿君多采撷，此物最相思。

——唐·王维

那棵生在南国的红豆
痴痴地结满了她的思念
一个坚守了千年的承诺
让爱的青藤。爬满了人间

我听到月光下。恋人的私语
和夜深人静时独奏的琴弦
把一杯孤酒。饮一坛相思
愁了离人。醉了诗仙

那棵生在南国的红豆啊
何时才能收起你的思念
让漂泊在外的游子
抚一抚伤痛。把相思的泪擦干

我的江南

我的江南
是太湖上的一叶扁舟
和扁舟荡漾的
一湖春光

我的江南
是长广溪的一簇芦苇
和芦苇点缀的
十里画乡

我的江南
是锡山上的一棵嫩芽
和嫩芽生长的
无限希望

我的江南
是梅园里的一株梅花
和梅花开放的
诗意畅想

我的江南

是二泉池的一滴泉水
和泉水吟诵的
千古绝唱

我的江南
是清明桥的一柱栏杆
和栏杆雕琢的
千年守望

太湖的月光

芦花摇曳着。诗人的梦想
拍岸的湖水。在深情吟唱
扁舟枕着最初的月光
梦的摇篮里。鼾声正响

沉醉在江南的柔情里
让水一样的诗意。静静流淌
李白的醉卧。杜甫的惆怅
千年的诗韵。是月的陈酿

湖鸥扇动着。双翅的银光
桂花飘洒着。千年的芬芳
从远古走来
早已不见当年的月光

氤氲的太湖。低吟浅唱
西施的琴声。穿透幽远的光
半湖诗情。半湖画意
梦的遥远。随风荡漾

西湖之夜

当夜色
恋上西湖
朦胧
荡起了一湖春情

杨柳
爱抚着
远方的灯影
波光
眨动着
温情的眼睛

春花
绽放着
夜的神秘
山色
酣睡在
西湖的怀中

轻风
吹开了

爱的心扉
笑声
传递着
西子的恋情

春雨江南

春雨宜凭栏，
雾锁江南。
钟声袅袅透云烟，
廊下燕呢喃。

草嫩黄，
柳芽短，
粉墙黛瓦油纸伞。
船娘小曲吴语软，
怎奈声声远。

夜的眼

夜

夜色
在期待中
升腾着温情
酝酿着
一个暧昧的梦

夜莺
在朦胧中
呼唤着诗情
寻觅着
那份爱的赤诚

月亮
在夜空中
点燃夜的激情
追寻着
那份真实的感动

诗人的夜

诗人的夜。像一只猫头鹰
在暗夜的骚动里。捕捉着
那稍纵即逝的一丝灵感

为了窗口那一弯新月
捻断了无数根执着的胡须
却找不到李白。那畅意的快感

忽然听到琴声幽远。和幽远里的
那一声轻叹。想那抚琴的古装少女
此刻与我一样。在思念中无眠

还有夜风。掠过林梢的惊扰
让青蛙的歌声。多了一份渲染
蝴蝶。张开了蒙眬的眼

夜的诗人。是童心未泯的
顽童。打着灯笼寻找
快乐的源泉

夜的黑

夜的黑和雨的冷
敲打着我。孤单的神经
思绪穿过。雨帘的厚重
我看到。你。和那盏孤灯

思念的遥远。早已冰封
泪的孤寂。和梦的飘零
化作秋的残月。抱着冰冷
游荡。在夜的天空

还有谁。在天的尽头
漂泊着。流浪的心灵
暴躁的海浪。殴打着帆影
摧残着。海的魂灵

孤独的灵魂。赤裸着
拷问。夜的黑和雨的冷
谁人听到？谁人听到！
爱的歌声

夜的眼

夜的眼。醉入缠绵
我。躺在梦的怀里
梦见你。和春天

情。已朦胧
追溯着爱的遥远
我徘徊。在粉墙黛瓦下
你久违的窗前

梦。不会交融
心。沧桑依然
唯有夜的眼
在你的笑靥里。沉淀

月 光

月光。在夜的窗外
流浪着。一颗心的冰凉
蝴蝶。伏在夜的肩头
昏睡着。心如止水的模样

我的思考。穿过了
李白的窗。看到那片
遥远的月光。和月光里的
轻叹。和月光里的沧桑

我远远地站在。宇宙的边缘
凝视着。不知来自何处的月光
我看到前世。前世的前世
你的背影融化。在那片月光

月下独吟

揽一缕清风
和着明月
酿一坛清幽
伴着桂花
斟入
岁月的杯中

琴弦丝竹
拨动
远古的记忆
高山流水
倾诉
未了的真情

明月千年
何谓前世今生
今日古时
可知今生何生
皓月当空
谁知瞬间永恒

夜 雨

夜雨
声潺
伴我入眠
想雨帘外
那飘飞的遥远

雷声
如軒
在远处呐喊
寻找着
那曾经的缠绵

寒衾
孤单
想前世因缘
轮回六道
何为身安

长空
闪电
看万物如幻

爱无疆

与天地共眠

中秋夜月明

中秋夜月明，
风轻百虫鸣。
佳人月下立，
双目含深情。

朦胧生诗意，
与君携手行。
恋恋且依依，
明日君远行。

长话结满腹，
难言离别情。
祝福复祝福，
叮咛且叮咛。

犹记春江暖，
与君共携行。
君依我肩头，
娇柔胜春风。

夏日荷花香，

映日别样红。
鸳鸯双戏水，
与君情渐浓。

秋日风乍起，
君要踏征程。
劳燕分飞日，
恨无双翅生。

仰头望明月，
低首泪双行。
唯羡天上月，
时时伴君行。

执手看泪眼，
相拥恨秋风。
从此别君后，
常看秋月明。

常思念

在那个夏日的雨夜里

在那个夏日的雨夜里
潺潺的雨声夹着无言的叹息
我看到惆怅的夜在梦里哭泣
还有窗边挂满的泪滴

我伫立在夜的深沉和梦的漆黑
看见肆意的风抽打着失落的雨
我的心像一片飘落的树叶
在满地的泥泞中堕入凄迷

我思念远方的夜和远方的你
我担心夜的沉默会让你孤寂
我担心无知的风会惊扰你的思念
我担心哭泣的雨会扰乱你的思绪

我知道我们是彼此生命的珍惜
无论在白天的风里还是黑夜的雨里
我看到你的梦里再也没有叹息
我知道我的灵魂始终陪伴着你

常思念

常思念，
梦难断，
千里路遥难相见。

春依旧，
人已瘦，
孤枕泪湿鲛绡透。

秋风凉，
落叶黄，
千山隔断难相望。

日长念，
梦常见，
此情悠悠路难断。

情亦真，
爱更深，
此生无憾不离分。

当思念长了翅膀

当思念长了翅膀
那将是割不断的流淌
无论高山大海。无论人间天堂
总有一份牵挂。在随风飘荡

我在思念的天空
看到了你的期待和我的痴狂
我把思念搓成一根红线
拴住了你。在我的心上

苍茫人生。雨雪风霜
孤独是我必经的道场
我把孤独剪成纸鹤
让思念带着她。飞向你的远方

当思念长了翅膀
我会穿越时空。守候在你身旁
种下一棵千年的菩提
让他开满万世的阳光

我的梦里不再有叹息

远远地遥望。遥望着
远远的你。和与你一起走过的
那些迷离。我知道今夜
我注定不能走近你。未知的梦里
遥远的你。和你的遥远
也许已经把我忘记

可是。可是。这又有什么
可以替代我。飘在风中的思念
和夹在思念里。那些无言的话语
你的眸子。充满灵性的眸子
再一次从我的怀中逃离

我不再叹息。就连做梦也不会
怕你听到我的叹息。虽然我希望
希望你能够听到。但我终究没有发出
那一声叹息。沉睡在我久远的记忆里

缘聚缘散。一切都是美好的天意
就像日落和潮汐。就像落雪和下雨
我看到你。和你清亮的泪滴

我希望。我希望那是你的幸福
和你的未来。一个装满美好的结局

远远地遥望。遥望着
远远的你。和与你一起走过的
那一段美丽。从此以后呵
从此以后。我的梦里再也没有叹息

那一湖月光

那一湖月光
穿越记忆
的经年
在岁月的氤氲里
流淌着璀璨

凉风。萦绕着
湖畔的温软
青春的脉动
荡漾着羞涩
的笑脸

笑声。缠绵着
飞扬的秀发
飘逸。拨动着
澎湃的心弦

你的眸子
盛满了灵动
穿越那一湖月光
在诗意里。缠绵

那年那月

那年那月
你的笑容
划伤我
青春的天空

生命的年轮
刻上羞涩
还有那
缤纷的彩虹

长发
生长着痴情
结满了
疯长的青藤

酒窝
斟满着醇香
醉入梦
长醉不醒

那年那月

你像流星
划过我
无助的天空

思念
生长着迷茫
还有那疯长的
青藤

梦里的月光

梦里的月光
像一湖春水。在肆意荡漾
你的青春。像无忌的花蕾
在朦胧的涟漪里。向我绽放

那曾经的月光。穿过
你的白天我的黑夜
从未彷徨。在我慎重的梦里
放肆成长

你的笑颜
在梦的歌声里吟唱
我拥抱着冰冷的月光
直到她在我的怀里。滚烫

你的天空

你的天空
空灵。遥远
挂满了我
无尽的思念

朝阳似火
赤诚。热情
是我永远
不变的情感

白云悠悠
洁白。多情
是我前世
给你的情笺

月牙弯弯
多魅。善感
是我的目光
伴你入眠

繁星点点

闪烁。眨眼
在天空写满
我的祝愿

你的天空
写满璀璨
那是我前世今生
不离不弃的陪伴

我在凌乱的风中等你

那一天。是风的世纪
我站在轮回的渡口
风凌乱着。并不凄迷
等你。和你的那叶扁舟
飘来。那份渴望的禅意

我知道风。已经飘了几个世纪
我不知道我。已经站了几个世纪
我知道你。一定会从那个渡口路过
我知道你我。一定会在风里相遇

风凌乱着。歌声忽然响起
美妙的音乐。和歌声一起漂流
流向远方。下一个世纪
我依然在风中。孤独着
和风一起孤独着。等你

想你的时候（一）

想你的时候
才知道思念。竟然那么疼
想你的时候
才发现亲情。竟然那么重

想你的时候
我不敢抬头
生怕那滚烫的热泪
喷涌而流

想你的时候
我不敢眨眼
生怕你温柔的笑容
瞬间溜走

想你的时候
我讨厌阳光
阳光的明艳
更让我顾影自怜

想你的时候

我诅咒黑夜

黑夜的寂静

更让我愁绪万千

想你的时候

恨不得时光倒流

剪一段相拥的记忆

做成永久

想你的时候

恨不得穿越时光

拍一张牵手的照片

铸成永恒

想你的时候

挣不脱的是思念

想你的时候

割不断的是离愁

想你的时候 (二)

想你的时候
我陪伴孤独
闭上双眼
掩不上思念的忧愁

想你的时候
我独步深秋
看落叶飘零
禁不住泪湿衣袖

想你的时候
我孤枕难眠
听雨打芭蕉
心飘向夜空的遥远

想你的时候
我祈祷上天
让时空错位
带我回到你的身边

想你的时候

我停止思想

愿此生无我

了却那无法了却的尘缘

相　思

相思
是一条绵延的山路
悄无声息
悄无声息地伸向
遥远的天际
我在这里
你在那里

相思
是一条流淌的小溪
毫不犹豫
毫不犹豫地向着
大海奔去
停也不停
息也不息

相思
是一株风中的橄榄绿
无怨无悔
无怨无悔地捧出
最真的情谊

苦在心里
甜在心里

相思
是一个田塍上的守望者
默默无语
默默无语地凝望着
那块天地
春也不去
秋也不去

花开的日子你在哪里

走过风走过雨走过冬季
花开的日子你在哪里
蜂飞过蝶飞过彩云飞过
我听到你的琴声在风中飘逸

前世的天空上写满了誓言
就像洁白的圣鸽张开了双翼
我守在千年花开的红豆树下
用痴情和虔诚催开花期

我知道这个千年即将过去
我与你又要错过一个花季
我知道我的双脚已扎进泥土
期待着下个千年结满花蒂

花开了花谢了世纪轮回
爱也深情也深痴心不移
蜂飞过蝶飞过春燕飞过
琴声扬笑声扬花香四溢

思　念

思念
碾过心头
像沉重的石头
无法承受

思念
哽在喉咙
像掐住了时光
忽然停留

思念
漫过眼眶
像决堤的黄河
潸然泪流

思念
潜入梦中
像经年的老酒
回味悠悠

把思念

打成包

寄给远方的你

还有那

无尽的离愁

我从你的生命走过

我从你的生命走过
这是前世积淀的因缘
还是今生
无奈的交错

当阳光划过夜空
当回忆流淌成河
我听到花的破碎
还有。梦的掉落

没有情仇恩怨
只有无可奈何
当那颗泪珠终于滑落
我们。在无声中别过

时光磨平了岁月
恩怨飘零了风雪
风霜雕刻了皱纹
是非。任轮回诉说

又见秋雨

又见秋雨。溅起泪花
思念的痛。在爬满青藤的远方
撕扯久未痊愈的疤

无奈的叹息。在昏暗的灯下
不忍直视。镜中的憔悴
任几多愁怨。结满稀疏的白发

还记得斜阳升起的那缕炊烟
用金色编织的爱。开满多情的童话
一如你的灵动。和无尽的芳华

梦还在。花已谢。枉嗟呀
我在你的远方。你在我的天涯
唯有夜雨。把秋的相思种在春的檐下

期待着。花开的日子
结满一树红豆的痴情
守候在你无眠的窗下

云端的思念

人间
太多情
载不下。我
对你的思念

把思念
放在云端
让飘飞的白云
带她
到你的身边

细雨绵绵
暴风雷电
如泣如怨
诉说着。我
无尽的思念

秋月春花
云舒云卷
天有多大
思念

就会有多远

白云悠悠
思念绵延
天若有情
思念
就会遥遥无边

高高云端
悬挂着的
不只我的思念
还有那
遥远的祝愿

无　题

静静地
坐在宇宙
的尘埃中
不知何世
与你相逢

前世的情笺
依旧，飘在
云的天空
骚动的雷声
倾诉着。千年
的痴情

掐一段月光
夹在诗行
让满天的浪漫
化作繁星

掬一捧思念
嵌入梦中
让滚烫的痴诚
融化冰封

期待（一）

就像河流期待大地的拥抱
我在宇宙的深处追寻
追寻着你缥缈的足迹
期待着这一世能与你相逢

与你擦肩而过的那一刻
我的心经历了珠峰的雪崩
恰如奔涌而下的黄河
咆哮着无望的野性

把你种在我生命的年轮里
等待花开那一刻的感动
我看到天空那颗孤独的月亮
在苦苦守望着天边的黎明

我是追逐太阳的月亮
虽然在无数的日夜里从未与你相逢
但我知道你和我的存在
我知道我们同在一个天空

期待 (二)

一片落叶。发出秋的轻叹
流水潺潺。带着春的眷恋

天空的大雁。舞动着不变的信念
追逐的梦。并不遥远

结一份思念。挂在秋的窗前
把开满鲜花的行囊。装满

行走在心的幽远。穿越时空之间
期待着那份感动。在寒冷的日子出现

感谢你的笑容。和所有的遇见
远方的朝阳。已越过地平线

不说想你

不说想你
爱。烙在心里
每一个呼吸都有你

不说想你
情。藏在梦里
每一颗星星都是你

不说想你
你。在时光里
每一次眨眼都有你

不说想你
因为。我们已经
融入彼此的生命里

思　念

思念
在远方
而我却在
思念的遥远

思念
是割不断的
梦绕魂牵
就如
漂向你的孤帆

思念
在疯长
就像脱缰的青藤
在无边的荒野中
蔓延

春花秋月
流水落花
那洒落一地的
不是泪水

不是哀怨

而是无尽的

思念

游子吟

孤　独

孤独。生长着
灵魂的坚强。就像沙漠里
不屈的胡杨

孤独的沮丧和惆怅
给灵魂披上。挺立和坚强
恰如夜空的星光
让我在冷静中。看到希望

人生注定是
孤独的道场
心灵的皈依。在孤独中成长

与孤独一起。扛起磨难
抚平心灵的创伤
奔向生命的精彩
诗和远方

我是一颗孤独的太阳（一）

我是一颗太阳
一颗孤独的太阳
每时每刻。每时每刻
都在用生命把世界照亮

在风中
在风中无人同行
在雨中
在雨中无人歌唱

日出东方。我是一颗
孤独的太阳。在遥远的天际
发出执着而又孤独的光
赋予生命成长的力量

我是一颗孤独的太阳（二）

每日每夜。每日每夜
我用坚强
锤炼着自己的坚强

日出日落。春夏秋冬
我在万丈阳光里奔忙
黑暗遮住了我的眼睛
我用激情把前途照亮

岁月交替。世纪轮回
我在满怀豪情中坚守着希望
走吧。走吧。没有彷徨
我用信念丈量着理想

我是一颗孤独的月亮

我是一颗月亮。一颗孤独的月亮
每当夜深人静的时候。看着你
看着你呵，进入梦乡。而我却在
而我却在。遥远的地方
默默地。默默地为你守望

我的孤独。从来不向你诉说
我只想。在你不经意的时候
照亮你。和你的天堂
我只想呵，远远地看着你
睡梦中的安详

再也想不起。想不起呵
想不起在哪一次的轮回里
你成了我的新娘。从此以后
从此以后。我的血液只为你流淌

来世今生。我在生命的长河里流浪
遇见了你。直到遇见了你呵
你把我的灵魂收养。从此以后
无论我在哪里。无论你在何方
我永远在围着你。围着你发光

孤单的日子

我就像一朵飘在空中的云
在白天在黑夜。在无数个日夜里
飘向不知名的天际

每一次相聚都是长久的分离
拖着飘零的心。走向梦的凄迷
我听见孤单的风在孤单中。叹息

偷偷擦干眼中的迷离
在长夜的孤灯里。写下一段坚强
留给孤单的明天。和孤单的自己

就像不能抑制自己的呼吸
我无法掐断疯长的思念
蔓延。在孤单的日子里

都市的孤单

在都市的喧嚣里
孤单是你唯一的外衣
在出租房的逼仄里
梦的遥远已无法变成回忆

霓虹灯的妖艳
让失落的心更加凄迷
没有一扇窗的灯光
给流浪的心一丝慰藉

白天假装的坚强
在夜色的迷茫中哭泣
睡梦中的一滴眼泪
那是白天不敢发出的叹息

独　处

在岁月的缝隙里
采一缕阳光
和静静一起发傻

让思想。骑上快马
穿过久远的篱笆
寻觅那朵失落的花

让梦想。乘着白云
仗剑天涯。牵着爱
追逐银河激荡的浪花

把灵魂放飞
阳光下。不再有
缠绵与牵挂
在静静的怀抱里
肆意发傻

疲惫的心

一颗心。一颗疲惫的心
在繁华的尘世漂泊。寻找着
能够停靠的港湾

麻木的神经。冷看满眼灯红酒绿
用坚硬的盔甲。包裹着柔弱的心
隐藏在夜的角落。淡忘着人的本真

渴望有人。揭开僵硬的面甲
脱下所有的伪装。在梦幻与现实之间
把酒换盏。品茗煮茶。嬉笑怒骂

每一个坚强下。都有隐藏的伤痛
每一次成功里。都有疲惫的无奈
强装的笑脸。掩盖了脆弱的迷茫

舔舐自己的伤口。期待着坚强
渴望笑脸下的心。得到抚慰与阳光

我把孤独送给远方

夜。把孤独
送给露珠。露珠拥抱着
黎明的霞光。我看见黑夜
无尽的感动。还有草尖
凝结的希望

冬。把孤独
送给雪花。雪花滋润着
脚下的荒凉。我听见春天
萌发的涌动。还有嫩芽
无畏地生长

我。把孤独
送给远方。远方孕育着
成长的力量。我梦见乡情
像炊烟绵长。还有溪水
悠悠的吟唱

寂寞的时候我在写诗

寂寞的时候我在写诗
写一首寂寞的诗。送给孤独的月亮

我听见夜风。悄悄在林尖飞翔
那只孤独的鸟。早已进入梦乡

溪水。唱着寂寞的歌
走向孤独的远方。流浪

夜的泪。抹在寂寞的草尖上
蛐蛐儿的歌声。更加凄凉

无言的星光。涂在暗夜的背上
远山。挺立着寂寞的脊梁

孤独的诗人。走在寂寞的路上
吹起寂寞的口哨。在山林深处回响

我是天边的一朵白云

我是天边的一朵白云
用脚步丈量着。梦的遥远
骚动的心。从未停歇
像一粒漂在尘世的孤帆

我看到了山。和山的孤单
我看到了海。和海的彼岸
我看到海的彼岸。寂寞的沙滩
和沙滩上遗落的。无尽的期盼

风的脚步。追逐着母亲的叮咛
和白发一样长长的思念
天边的雷声。点燃了激情
就像爱人。深切的呼唤

漂泊的心。和孤独的灵魂
从未找到。停泊的港湾
风里。雨里。风里雨里
我用生命。修补着沧桑的帆

在那个没有花开的世纪里

在那个没有花开的世纪里
我看到月的朦胧和云的低迷
还有倦鸟苍白的鸣啼里
那些无法承重的叹息

我不知道明天的太阳何时升起
就像不知道未来向东还是向西
我坚守在那个无人的冰窟里
听嘶哑的风唱着凄迷

我不敢绝望。就像濒死的人
不敢放弃苟延残喘的呼吸
我相信寒冷终究要过去
我甚至听到了春天的呼吸

在那个没有花开的世纪里
我和期待开放的花儿一起
续写着充满阳光的梦
和春天长满青草的日记

游子吟 （一）

行走在

黎明的夜空

岁月的年轮

研磨着未曾放弃的梦

孤单的身影

扛着寂寞

在人群中蹒跚独行

思乡的泪水

与瑟瑟的秋风一起

飘零

寒夜的梦

惊醒了落寞

昏暗的泪眼

和残缺的孤灯

一声叹息

守望着迟到的黎明

遥望着

故乡的遥远

儿时的月光依然

在诗意里朦胧

游子吟 (二)

春光易老，
皱纹上眉梢。
对镜不忍看华发。
梦里欢，
正年少。

游子路遥，
风雨一肩挑。
相顾无言尽憔悴。
谁忍问，
君安否？

春花秋月

等待雪花盛开

等待雪花盛开的日子
我看到风的畅想。和云的飞翔

一棵树挽着另一棵树的
臂膀。在倔强中守候希望

等待一片雪花。为我盛开
就像等待我前世的新娘

我不知道。哪一片雪花
会在我怀里融化。融进我的心房

奔走在茫茫雪原上
走过白山。走过白水。走过一路苍茫

在无数个日夜。和无数个时空里
我伫立在世纪的窗口。彷徨着坚强

无论你在哪个时空
我都会在你的窗口。守候着灯光

总有一片雪花。会为我盛开

而我期待已久的怀抱。已烧得滚烫

春

风

萌动

春意生

浩淼烟波

太湖千帆竞

山色春花倒影

春色醉入太湖中

湖鸥翩翩春雨无声

湖鸥翩翩春雨无声

春色醉入太湖中

山色春花倒影

太湖千帆竞

浩淼烟波

春意生

萌动

风

春 望

春的嫩黄。融化了
凝结在心头的霜
我看到春的笑靥
和梅花。无忧地绽放

春的芳心
追寻着诗和远方
我看到长发的诗人
在痴狂地奔跑。和畅快地吟唱

敞开怀抱。拥抱我的春天
我的爱恋。和我的姑娘
那一刻。我听到
灵魂的舒展。和思想的奔放

风筝。儿时的风筝
还挂在记忆的天堂
一路走来。疲惫的心灵
早已布满沧桑

躺在春的怀抱。我听到

爱的萌动。和小河的欢唱
还有小草的心跳。和诗的成长

胡 杨

遥远的地平线
奔跑着我
赤裸的青春
和逐梦的灵魂

滚烫的沙漠
烤熟我的娇嫩
不屈的身躯
化成千年的坚韧

如果有一天
我被沙丘掩埋
请不要为我
哭泣和伤心
因为我已进入
下一个轮回的春

敬　畏

敬畏生命的
诞生。成长。以及消亡
那是万物必经的道场

敬畏高山的
沉稳。厚重。以及雄壮
那是撼不动的坚定信仰

敬畏大海的
风平。浪静。以及惊涛骇浪
那是生命宽广的乐章

敬畏种子的
发芽。开花。以及挂满果香
那是成长赐予的力量

敬畏一切的
看得见与看不见。真实与幻想
那是善良舞动的翅膀

露 珠

失恋的
星光
结成泪花
期待着
与阳光
对话

夜
已喑哑
阳光
滋润着
梦的
升华

绿色
呵护着
信念
在鲜花的
怀中
融化

春 雨

芳春夜雨花正浓，
寂寞奈五更。
窗外燕鸣三两声，
缠绵入春梦。

晓看落花满地英，
孤独任飘零。
长叹春消梦更短，
哪堪恁无情。

秋

当第一片落叶
在阳光下划出
一条优美的弧线
秋。便进入了
生命的涅槃

当第一颗雨点
在寂寞的夜里
打起第一个寒战
秋。便走进了
无尽的缠绵

当思乡的大雁
在黄昏的寒风里
流下第一滴泪水
秋。便坠入了
幽深的愁怨

穿越了千年
却穿不过
愁绪的幽远

离人的哀怨

在每一个秋天里

沉淀着思念

秋　赋

诗意萦

古韵声

袅袅香茗中

撷一段时光

塞进岁月的行囊

桂花馨

岁月静

幽幽书香里

掬一捧秋风

嵌入四季的画屏

红叶丛

硕果丰

归雁声切时

捎一份祝福

挂在思念的天空

秋 思

秋风起，
黄叶苍，
夜雨话凄凉。

梦惊断，
秋思长，
漂泊人断肠。

星稀疏，
月昏黄，
孤雁诉苍凉。

旅途遥，
乡愁长，
思念泪双行。

秋 雨

秋雨潺潺
打湿了我
久远的记忆
和绵绵的情思
还有你的思恋

北国雨潇
南望路漫漫
寄一封情笺
给南国的红叶
和我的初恋

烟雨斜巷
诗意江南
雨中桂花香
和青石板路一起
在小巷中绵延

秋雨潺潺
带着油纸伞
和那个丁香一样的姑娘

还有我的思念

一起走向记忆的遥远

春 恋

小窗外，
柳絮绵。
春光乍老，
寂寞杨柳锁春烟。

花已旧，
香阑珊。
小径幽远，
花自飘零人自怜。

岁月静好

岁月静好

采一缕阳光
拥在怀中
让金色的跃动
融入生命

撷一颗星星
送给梦境
让无尽的诗意
缀满星空

沏一杯香茗
捧在手中
让氤氲的幽香
陪伴心灵

掬一捧山泉
汇入诗情
让清冽的甘甜
释放灵性

读一本名著

穿越时空
让久远的感动
再次重逢

写一首小诗
注入痴情
让如歌的岁月
化作永恒

岁 月

点一盏孤灯
在岁月的缝隙
守候着。前世的约定
和心的秘密

时光的篱笆墙
结满花的无忌
在蜂飞的日子里。写下
沾满露水的日记

小溪。流淌着
千年的记忆
走向岁月的深处
和苍茫的世纪

驾一朵白云
穿越。星的无际
在时光的厚重里
写下永恒的我。和你

感恩阳光

感恩阳光。和阳光下的
山川河流。树木花草。莺歌燕舞
以及白云惬意的舒展
和枝头小鸟欢快的啼鸣

感恩生命。和因我存在的
喜怒哀乐。爱恨情仇。柴米油盐
以及琴棋书画的高雅
和灿烂阳光肆意的洒脱

感恩生活。和所有的遇见
亲友宿敌。功名利禄。富贵贫穷
以及恩怨情仇的江湖
和成败得失抛洒的泪花

感恩岁月。和岁月雕刻的坚强
风霜雨雪。沧海桑田。大漠孤烟
以及仗剑天涯的执着
和仰天长啸快意的潇洒

感谢生命

我是宇宙中的一粒微尘
心。却装得下整个星空
当我冲过枪林弹雨体无完肤
我在坚守着一颗心的晶莹

尘世茫茫。苍苍众生
多少次我彻夜无眠叩问苍穹
人生几何。生命几重
我知道所有的遇见都是命中注定

不再叹息。我感谢
所有的失败与成功
把所有的遇见都装进生命的行囊
我听到小河的低吟。和遥远的钟声

举起酒杯吧。为看得见与看不见的
爱恨情仇。前世今生。以及所有的感动
饮尽一江春水。期待下一世
花开的日子。与你重逢

茶　韵

舒展的娇嫩
和温馨。还有
少女的柔媚。与萌心

绿色的漫舞
是我多年的梦中情人
还有情人唇边。的温润

升腾的氤氲
和少女的舞袖
萌动的春心。浸润着
高贵的灵魂

滚动的清纯
涤荡着岁月的凡尘
与惬意结为联姻

颤动的怀春
激荡着触电的味蕾
恰如少女的。初吻

刹那间的感动

窗外的银杏。笑得透亮
在初冬的阳光下。期待着生命
一刹那的金黄

黄叶翩翩。飘舞着悲壮
没有离别。没有感伤
只有生命绝世的咏唱

刹那间的感动。铸成的永恒
让春的萌动驻满心房
再也不惧冬的冰封。和白雪茫茫

破茧成蝶。只为一刹那的辉煌
纵然昙花一现。那一片从容的金色
早已成为千古绝唱

别

自从生命
诞生的那一瞬
便有离别的这一刻

阳光无限。我们
只能在有限的生命里
拥有彼此

生命。如此脆弱
甚至来不及呵护
就已经凋零

我们注定会成为
亲人眼角的一滴泪珠
和内心深处的
一声叹息

留下怀念
给远方的自己
期盼来世
还能与你相遇

绿皮车

梦想
撞击着铁轨
铿锵声
在鼾声里
已经久远

儿时的目光
追逐着
天边的遥远
飞驰的车轮
激荡着
追梦的少年

记忆
染成绿色
在摇晃的睡梦里
惬意舒展

流金的岁月
在疾驰的风景里
模糊着双眼

只有绿皮车

依旧在沉淀着

鲜活。依然

麦　田

敦厚的黑土地
坚守着。千年的梦想
与守望

高举着信念的力量
和金色的颂扬。在天地间
播撒着希望

阳光的芬芳
和厚重的麦香
给生命一个如诗的礼赞
和不朽的传唱

年 轮

年轮。雕刻生命的力量

刻在时光的深处
每一个沟壑都令人神往

我站在年轮的巨盘上
上一秒是烟雨苍苍
下一秒是相思茫茫

我用虔诚的心。把你
和对你的思念。镶在时光的年轮上
每一秒。每一刻。每一寸光
都是我亘古不变的承诺。和守望

久经风霜的年轮里
红尘滚滚。烟云茫茫
我看到你！和你的眼神
穿过久远的岁月。和时空的光
在我记忆深处。刻下千年的回望

你的善良

你的善良。是你的精神长相
就像良田里生长的希望

一方水土。一缕阳光
一粒种子。结下绿色的善良
爱的雨露。滋润她成长

你的善良。是一种修养
一种气场。一种能量。一种光芒

月有阴晴圆缺。人有丑恶善良
你的善良。是沙漠的清泉
融化着坚冰。让冰封的河流欢唱

高高的云天。自由奔放
我站在万道阳光里。
注视着你。和你的善良

你是我心中的一抹阳光

你是阳光。一抹种在我心中的阳光
一抹金色、饱满、充实、圆润的阳光
一粒种子。一粒金色的种子
在我心里生长着。希望和善良

你是阳光。一抹灵动的阳光
无论天涯有多远。无论风雨有多狂
你一直在我心里生长着
温暖和光芒。希望和梦想

你是阳光。一抹坚强的阳光
照进白天和黑夜。融化冰雪和雨霜
锻造我的信念。驱赶胆怯和彷徨
给我胆量。给我力量

你是阳光。一抹成长的阳光
那是我青春的追逐、爱和梦想
一个眼神。一个微笑。一个善良
在我心里成长。一抹温馨的阳光

你知道花开吗

你知道花开
你知道花为什么开吗
就像我们不知道
为什么会降生为什么会死亡

蓝天上的白云很远
远得与黑土地永远没有交集
蓝天上的白云很近
近得小雨点热切亲吻着大地

在我出生前世界没有我
在我死亡后我没有世界
不知道是世界拥有了我
还是我拥有了世界

我知道我活着
是为了让我的世界更精彩
然后而又然后呢。我依然不知道
太阳为什么升起月亮为什么落下

人非草木

人非草木。孰能无情
其实有时候。人比草木更无情
看山的光秃。河的污染。人的贪婪

很多时候。我仰望参天大树
抚摸着千年的斑驳。喟叹
人的渺小。生命短暂。人不如草木

植根于万年的沃土。头顶着
前世的天空。历经了千年的风霜
谱写着生命的绝唱。铸就草木千秋

汲日月精华。阅世间沧桑
在无数个风雨中。和无数个春天里
一草一木。催生着生命的新芽

人生一世。草木一秋
繁华落尽溪水流。草木依旧笑春风

听　海

夜
拂过
椰林
海风
穿透我
饥渴的心灵

三五渔火
点亮
水天深处
海的轻叹
还有
前世的温情

波涛
亲吻
岸的温馨
呵护着
久远的梦
以及以及
无奈的忠诚

脚丫

被浪花

咬过

我仰望

夜空

叩问

远古的幽情

因缘轮回

谁能凭空

我我谁谁

何为重生

远古如今

谁能永恒

来去无影

谁听到

海的歌声

童 年

记忆的遥远
已被风干。我拾捡着
梦的残片。和那些
遗落的童年

秋千的翅膀
和蝴蝶。一起飘散
我听见。我听见远山
深情的呼唤

发黄的日记
夹杂着。褪色的春天
那朵干枯的玫瑰
以及。凝固的思念

那一缕炊烟。在思绪的
天空。升腾着母亲的眷恋
童年的笑声。和门前的溪水
一起漂向生命。的幽远

我试图走进你

我试图走进你
走进你深邃的眼睛
却发现你的进化
已经超越了我的成功

试图打开你的气场
试图融入你。坚韧的梦
我发现我的苍白像一把利剑
刺开了我赤裸的心灵

初心。在尘世中煎熬
遥远的梦还在遥远的梦中
我知道人活着不是为了做梦
我渴望一场脱胎换骨的修行

试图走进你。走进我
当初追逐的梦中
却发现。心还在漂泊
明天。明天我还要去远行

我　想

我想
浪迹天涯
海鸥。沙滩。逐浪花
海涛声里童话

我想
皈依佛家
青灯。木鱼。诵佛经
晨钟暮鼓几下

我想
隐居山崖
鸟鸣。山涧。赏野花
山野村夫人家

我想
闲看落花
农夫。山泉。种桑麻
煮酒吟诗品茶

午 后

午后
打盹的阳光
就像午夜情人
的眼。慵懒地
打着卷儿

茶香
穿透经年
的梦。飘散着
温润。柔软
和惬意
的缠绵

时光
在遥远的地方
徘徊。游戏
和风车一起
粗鲁地
撒欢儿

舒展开的

不是龙井
是那拧巴多年的
痛苦。以及以及
放不下
的心坎儿

云卷云舒
的睡眼。把时光
紧紧地搂在胸间
摇椅。在岁月
的长河里
扯满了帆

雾　淞

把雾

凝结在枝头

把冬天

雕塑成

晶莹的童话

原野上

挺立着

不屈的坚强

寒风中

孕育着

春的嫩芽

谁在心中播种善良

有一种善良。叫作信任
有谁能够播种。一粒种子
的善良。埋进黑色的土壤

这个世界。我看不清
看不清。那些藏在黑夜里的
暗影。和种在心里的荒凉

我在精心守候着。那份纯洁
的净土。生怕一不小心
把她弄脏。再也不能生长善良

有谁能够播种。一粒种子
一粒种子的善良。把她埋进
爱与信任。水与阳光。梦与土壤

有时候

有时候。我在你身后
拭去泪水的冰凉。面对你的
永远是我的坚强

有时候。我在黑夜里
舔舐心灵的创伤。走近你时
永远是充满阳光

有时候。我在孤单中
吞下苦酒的迷茫。奉献你的
永远是最美的琼浆

有时候。我在无助中
仰望繁星的渺茫。捧给你的
永远是一轮朝阳

我的疲惫。我的脆弱
也会压垮我的脊梁。我的呻吟
只能在黑夜里流淌

我渴望呐喊。让撕心裂肺

的快感。摧残我的寂寞
我的压抑。和赤裸的胸腔

我渴望狂风。让肆无忌惮
的放肆。撕裂我的盔甲
我的神经。和我的彷徨

我渴望暴雨。让冷酷无情
的雨鞭。抽打我的荒凉
我的孤独。和无际的感伤

有时候啊！好想让自己
停下来。梳理一下羽毛
再展翅飞翔

总 有

总有一个人
对你充满深情

总有一些事
让你无比感动

总有一首歌
撼动你的心灵

总有一种爱
陪伴你的一生

总有一种情
守望着那份永恒

走进阳光

打开冬的窗口
让我们走进灿烂的阳光
不管冰封的日子有多久
不管发霉的日历有多厚
走进阳光。便拥有一份温馨
一份充实。一份明亮

希望。便如雨后的春笋
在写满阳光的日子里
茁壮成长。干涸的河床
在融化的冰雪中
又开始了潮落潮涨
希望的种子。在温润的心房里发芽
理想的金翅鸟。在蔚蓝的云天里振翅高翔

让所有灰暗的底片
都在明媚的阳光下曝光
留储几只彩色的胶卷
把充满阳光的记忆珍藏
未来的日子。不会再有阴霾徜徉
所有的岁月。都洋溢着明亮

永　恒

一片云。从天空轻轻划过
没有谁注意他。和他的漂泊

云散云聚。日出日落
一切的相遇。都是短暂的交错

从来没有。谁是谁的永恒
彼此之间。只是曾经拥有过

在生命的年轮里
每个人都是匆匆过客

只有思念。只有爱情
在无数次轮回里。深深铭刻

爱的情笺

爱

穿越虔诚。追寻着
亘古未变的永恒

歌声。并不遥远
空灵。恰似夜莺
飞过流星

让坚守走过沙漠
和心愿。结成同盟

没有叹息。梦已生成
留下一串符号。点缀着
爱的星空

爱 恋

让枝头结满
爱的泪花。那不是
梦的神话

有谁在蜜蜂唇边
说着情话。骚动的翅膀
把阳光融化

爱的诺言。写在天空
就像星星的眼
有谁知道。云的心中
装着对谁的眷恋

无关生死　无关爱情

写一段文字
挂在诗意的天空
我看到轮回的时空里
你那深邃的眼睛

还有歌声。那天籁一般
魂牵梦绕的歌声
早已嵌入我的灵魂
那是诗一般的感动

生命的尽头
没有死亡。只有永生
恰如云聚云散
和太阳的重升

我拿什么献给你
我的女神。我的精灵
写一段文字
无关生死。无关爱情

总　有

总有一个地方。让你梦绕魂牵
也许是一抹夕阳。也许是一缕炊烟
也许是一声亲切的呼唤

总有一位佳人。让你刻骨怀念
也许是一个眼神。也许是一个笑颜
也许是一场无法表达的暗恋

总有一份相思。让你藕断丝连
也许是故乡烟云。也许是情丝绵绵
也许是睡梦中割不断的缠绵

总有一件往事。让你感到温暖
也许是一个善举。也许是一句称赞
也许是风雨中的那把小伞

总有一个期盼。让你勇往直前
也许是一个梦想。也许是一个誓言
也许是心目中的美好明天

总有一个喜悦。让你记忆深远

也许是金榜题名。也许是花开春暖
也许是江南烟雨的诗意翩翩

总有一种悲伤。让你泪下潸然
也许是亲人远去。也许是事业泥潭
也许是走投无路的一片茫然

总有一个时候。让你浮想联翩
也许是独自品茗。也许是老友重现
也许是仰望天空的繁星点点

总有一位亲人。日夜把你挂牵
也许是爸爸的无眠。也许是挚爱的期盼
也许是妈妈手中长长的丝线

遇　见

遇见你。在千里之外
京城的春天。飘扬着柳绵
枝头的嫩芽。孕育着腼腆

阳光乍暖。如初恋
恰似你的娇柔。和羞月初现
目光流连处。春意无限

我把无数个日夜
和无数个思念。拥进怀里
那一刻。我拥有了整个春天

远方的海边
写满了我的誓言。风里雨里
有你殷殷的依托。和我永久的相伴

跟你去流浪

好想好想。跟你去流浪
在你热切的目光里
变成一只温顺的羔羊

牵着你的手。走进花的海洋
打开心中的疲惫。让放肆的呐喊
在高高的云端。自由。奔放

追逐绽放的梦。伴着海风歌唱
让篝火点起炽热的情感
让快乐像浪花。肆意绽放

跟你去流浪。在世纪的轮回里
穿越梦想与时光。无论今生
无论来世。你都是我的新娘

守 望

走过万水

走过千山

却无法走出

对你的挂牵

把夜的轻叹

与无限的思念

碾成漫天的飞雪

和着眷恋

铸成冰雕

伫立在你的窗前

天涯漫漫

生长着

无尽的思恋

在遥远的烛光里

与你一起

守候着

不变的誓言

我为你的生命歌唱

一朵花。开出了
一个世纪的守望
花的枝头。结满了
前世的因缘和虔诚的光

你的生命。在阳光里
开满无忌的希望
和灵动的蝴蝶一起
放飞着梦想

我是一棵修炼千年的树
在风雨中为你张开臂膀
夏天。披一身绿装
冬天。挂一树冰霜

你的生命开满了精彩
我就在你不远处。默默守望
纵然你从未发现我的存在
我依然在内心深处为你歌唱

心　愿

把夜

揉碎

加入浓情

酿一杯咖啡

送给黎明

把星

熔炼

嵌入赤诚

锻一颗月亮

挂在夜空

把爱

研磨

注入痴情

铸一座山盟

陪伴永恒

永　恒

采一袭夜色
研成浓墨
写一段情话
挂在不变的星空

揽一缕阳光
酿成音符
谱一首恋曲
装进缠绵的春风

掬一捧甘泉
铸成山盟
许一个诺言
续写亘古的幽情

总 想

总想
在不经意间
遇见你
和你眼中流淌的
灵动

总想
在回眸里
看到你
和那难以释怀的
心动

总想
在冥想时
聆听你
和你心灵深处的
律动

总想
在朦胧中
融入你

和你含情脉脉的

梦境

在

在无数次的
轮回里
寻找着你的存在
和我能够
安放心灵的爱

虽然
也许的结果
并不如愿
我依然
在不远处
痴痴地等待

无论在
哪一个轮回里
我都是你
灵魂的陪伴
哪怕你
不知道我的存在

误入诗坛（后记）

进入诗坛，纯粹是"生活所迫"。因为，很久以来，我自认为不是写诗的料。

二十世纪八十年代末，作为一个青涩的文青，我在省级刊物上发表了一篇小说处女作，喜悦之情无异于今天中了五百万大奖。

之后在求学和工作的道路上，陆陆续续发表了不少小说和散文。但对于诗歌，我还是敬而远之，因为我认为诗的语言非同一般，必须有诗味儿，有韵味儿，必须有李白杜甫之功，有"绕梁三日"之效，否则就会味同嚼蜡，平淡如水。

在繁忙的工作和紧张的生活中，文学创作的那根刺儿常常在不经意间隐隐作痛。几年前去看望一位多年未见的文青老友，他拿出两本诗集赠给我，我顿感自己蹉跎了岁月，"那根刺儿"又疼得难受。但碍于平时繁杂事务较多，无法静下心来写一些篇幅较长的文章，只能有感而发写一些诗歌。

写诗之初，夫人一再告诫"不要白开水"（别太直白），"少写爱情诗"（与年龄和工作不相称），有时甚至劈头盖脸一顿痛批。于是我小心翼翼，尽量写出一些"有韵味儿""有内涵""有嚼头儿"的诗。

有人说：现在人人这么忙，谁还有闲情读诗啊？写诗的比看诗的多。这话虽然有失偏颇，但也道出了一种诗坛的无奈。

有一年冬天，我一个人乘坐绿皮火车去甘肃天水，有感而发写了一首《远方》，发到微信圈里获得了很多朋友点赞，还有不少人转发。于是我认为：这个世界和我们的生活，还是有很多人对诗感兴趣，还是不能缺少诗歌的美。这更激发了我的创作欲望，用自己的辛勤，给诗坛增添一抹绿色。

写得多了，也渐入佳境，赢得了越来越多人的好评。这其中尤其得到我原来所在的杂志社的总编和良师益友、现任《五台山》杂志主编梁生智先生的肯定和鼓励。这本集子能够这么早得以出版，也感谢《诗刊》社编辑聂权先生的帮助。在此，对关心支持我的亲朋好友一并致谢！

既然生活"倒逼"我"误入诗坛"，就说明我与诗坛有缘。未来，我将用饱蘸浓墨的情感继续我的诗人生涯，"为了窗口那一弯新月，捻断了无数根执着的胡须"的人，就是我。

你在远方，我在通往远方的路上。此刻，我在诗里与你相遇，这是一件十分美妙的事。

2019 年 12 月 28 日夜于北京